Tacet Books

Raul Pompeia

7 Melhores Contos

Editado por
August Nemo

Copyright© Tacet Books, 2024

Todos os direitos reservados.

EDITOR August Nemo

CAPA E PROJETO GRÁFICO Mayra Falcini

NEGÓCIOS E MARKETING Horacio Corral

Dados Internacionais de Catalogação na Publicação (CIP)

Pompeia, Raul.
P788 7 Melhores Contos / Raul Pompeia – São Paulo, SP: Tacet Books, 2024.
68 p. : 14 x 21 cm

ISBN 978-65-89575-74-0

1. Literatura brasileira. 2. Contos.

CDD 869.4

Tacet Books

Feito em silêncio

Para mentes barulhentas

www.tacetbooks.com

tacet.books@gmail.com

Sumário

O Autor   5

A Mona do Sapateiro   9

Decotes de Quinze Anos   23

Conto de Fadas   27

Como nasceu, viveu e morreu a minha inspiração   33

Amor de Inverno   41

Milina e o Turco   47

Quase Tragédia   51

Textos complementares   57

    Um louco no cemitério, *por Luis Murat*   57

    Raul Pompeia, *por Capistrano de Abreu*   63

Conheça a Tacet Books   67

O Autor

Raul Pompeia, cujo nome completo era Raul d'Ávila Pompeia, nasceu em 12 de abril de 1863, em Jacuecanga, um distrito do município de Angra dos Reis, no estado do Rio de Janeiro. Filho de uma família abastada, Raul era o único filho homem de Antônio D'Ávila Pompeia, um magistrado descrito como "misantropo" e "carrancudo", e Rosa Teixeira Pompeia, uma dona-de-casa herdeira de ricos comerciantes portugueses. Raul tinha duas irmãs, cujos nomes não são frequentemente mencionados nas biografias do autor.

Em 1867, quando Raul tinha apenas quatro anos, sua família se mudou para o Rio de Janeiro. A vida em família era austera, como observou Rodrigo Octávio, um vizinho de Raul, que comparava o ambiente da casa ao de um claustro. Aos onze anos, Raul foi matriculado pelo pai no Colégio Abílio, um renomado internato no Rio de Janeiro fundado por Abílio César Borges, o Barão de Macaúbas.

Em 1879, Raul Pompeia foi transferido para o Imperial Colégio de Dom Pedro II. Foi como estudante deste colégio que, em 1880, publicou seu primeiro romance, "Uma Tragédia no Amazonas", que ele mesmo chamou de "ensaio literário". Após concluir seus estudos no Colégio Pedro II, Pompeia seguiu para São Paulo para estudar Direito na

Faculdade de Direito do Largo São Francisco, a mesma onde seu pai havia estudado.

Inicialmente, Raul foi bem recebido na faculdade, mas logo começou a enfrentar oposição devido ao seu envolvimento com figuras importantes do movimento abolicionista, como Luís Gama, e com a causa republicana. Em São Paulo, Pompeia se associou a outros estudantes influentes, incluindo Luís Murat, Raimundo Correia, Fontoura Xavier, Valentim Magalhães e Teófilo Dias, e juntos participaram da criação de diversas gazetas, embora a maioria delas tenha tido vida curta.

Durante seu tempo em São Paulo, Raul Pompeia também entrou em contato com a Filosofia Positivista de Augusto Comte. Com uma sólida formação cultural e fluente em várias línguas, ele teve acesso direto ao pensamento europeu que influenciava o Brasil na época. Conhecido por seu temperamento impávido, Pompeia não evitava grandes discussões e frequentemente entrava em conflito com republicanos paulistas que não apoiavam a causa abolicionista.

Em seu terceiro ano de faculdade, Raul Pompeia e seu amigo Luís Murat foram reprovados. A imprensa, da qual Pompeia fazia parte, apoiou os estudantes contra a faculdade. Após um reexame, ambos foram aprovados, mas as tensões continuaram. No ano seguinte, Pompeia e outros 94 estudantes foram reprovados e transferidos para a Faculdade de Direito de Recife, onde concluíram seus estudos sem grandes problemas.

Em 1892, Olavo Bilac e Raul Pompeia, que anteriormente haviam combatido juntos o regime monárquico em 1889, encontravam-se em lados opostos no cenário político brasileiro. O ponto de discórdia era o governo do marechal Floriano Peixoto, que Bilac e seus colegas de O Combate, fundado por Pardal Mallet, Olavo Bilac e Lopes Trovão, criticavam severamente. Eles consideravam que a presidência de Floriano era ilegal segundo a primeira Constituição da República. Em contrapartida, Raul Pompeia, em sua coluna no Jornal do Commercio, defendia fervorosamente o governo florianista. Essa divergência política rapidamente evoluiu para ataques pessoais entre Bilac e Pompeia, culminando em uma quase disputa de duelo entre os dois.

Após se formar, Raul Pompeia retornou ao Rio de Janeiro e voltou a morar com seus pais. Sem exercer a advocacia, dedicou-se ao jornalismo, escrevendo para vários jornais, incluindo a Gazeta de Notícias, onde publicou "O Ateneu", uma crônica que o consagrou como escritor. Pompeia escrevia sob vários pseudônimos, como Pompeo Stell, Raulino Palma e Rapp.

Com a Proclamação da República em 1889, Pompeia foi nomeado Presidente da Academia de Belas Artes. No entanto, a ditadura de Floriano Peixoto, que enfrentava séria resistência, levou Pompeia a romper com muitos amigos devido ao seu apoio ao regime. Após a saída de Peixoto e a ascensão de Prudente de Morais, Pompeia fez um inflamado discurso em defesa de Peixoto, o que resultou em sua demissão do cargo de Diretor da Biblioteca Nacional. As disputas políticas e pessoais que marcaram sua vida, incluindo um conflito com Olavo Bilac e Luís Murat, levaram Raul Pompeia a um estado de perturbação profunda[1]. Em 25 de dezembro de 1895, ele cometeu suicídio no escritório de sua casa, na presença de sua mãe. Raul Pompeia nunca se casou nem teve filhos. Suas últimas palavras foram deixadas em um bilhete: "Ao jornal A Notícia, e ao Brasil, declaro que sou um homem de honra".

---

1 Nos textos complementares desta edição, o leitor encontrará o texto "Um louco no cemitério" de Luís Murat, amplamente considerado como o desencadeador do suicídio de Pompeia.

A Mona do Sapateiro

I

Ela servia bem... Era redondinha, rosada, bonita. Sobretudo era nova, novíssima mesmo... Uns dezesseis anos se tanto. Fernando e Emílio espiavam-na. Viam-na à porta da lojinha do pai, o sapateiro Cândido, um Cândido preguiçoso, ébrio e pobre. Achavam tentadora, ó diabo! a melancolia da menina, com o rosto colado ao portal da loja, observando quem passava e seguindo com um olhar expressivo as mocinhas de sua idade que transitavam de carro, ou vinham pelo passeio, a pé, apanhando garbosamente a seda farfalhante das saias para não roçarem pelo vestidinho enxovalhado e sujo, que lhe caía dos quadris.

Não trabalhava quase a filha do sapateiro. A ociosidade do pai a escusava ante a própria consciência e a opinião pública, isto é, o *veredict*[2] da vizinhança.

Demais, a Joaninha vivia desgostosa. O pai, quando se embebedava, (e isto era frequente) maltratava-a muito, injuriava-a desabridamente; chamava-a descarada, cadela... Mortificava aquilo. E ela não tinha gosto pelo trabalho.

---
2 Do inglês: *veredito*.

Levava as horas num *farniente*[3] lânguido, aborrecida, dissolvendo-se em mórbida tristeza, ou erguendo castelos de ouro, sobre as suas ilusões de menina ambiciosa...

Fechava-se, por exemplo, num biombo escuro existente nos fundos da loja, seu quarto de dormir; despia-se de alguns dos panos mal asseados que a cobriam, e punha-se a olhar para o corpo. Um sorriso estranho ressaltava-lhe, palpitante e ardentes, as maçãs do rosto. Joaninha deitava timidamente olhares em roda de si, como a gazela, antes de mergulhar o focinho na fonte para saciar-se; depois, cheia de feminino orgulho, passava os dedos pela epiderme velutínea dos braços e do seio. Entretanto, segredava de si para si que não ficaria mal naquele corpo uma camisinha fresca, mole, transparente, toda enfeitada de rendas... Cingia o pulso com o polegar e o dedo médio, em forma de pulseira, e imaginava o efeito de uma argola de ouro luzente, cavando-lhe ali uma cintura na carne...

E nada tinha para si, além dos maus tratos do pai e dos galanteios de alguns vagabundos atrevidos!

Os castelos perdiam-na numa ficção azul, donde a realidade a tirava com uma violência semelhante à do menino que deixa voar a avezinha atada pelo pé, e puxa então o cordel para fazê-la bater no chão e atordoar-se.

Por mais cruel entretanto, que fosse a realidade, jamais se dissipava do cérebro da moça o pensamento de melhorar de condição no mundo, subir...

---

3 Do italiano: *ociosidade*.

Tinha ouvido dizer uma vez que a mulher tudo alcança pela formosura. Ela não era feia. Consultara o seu pequeno espelho a esse respeito e vira lá dentro uma carinha a rir de satisfeita. Era chic, bem chic. Então de corpo!... Quem seria mais elegante do que ela? Que braços mais lindos do que os seus; que cintura mais bem talhada?...

Não era sem motivo que certo moço da vizinhança lhe dava tanta atenção. Este moço não passava pela porta da loja, quando ela aí estava, que não lhe deitasse um olhar significativo - não chegava à janela da sua casa, pouco distante da loja, sem verificar se havia certa pessoa à porta daquela sapataria...

Ela era querida. Ser querida, eis a questão. Joaninha sentia-se no princípio da carreira...

Quase sempre as suas meditações eram interrompidas pelo pai.

Ou ele entrava da rua com a cabeça aquecida e a língua ardente pela ação do álcool e gritava:

Oh, Joaninha!... Onde se meteu esta peste?!... Oh, endemoninhada!...

Ou, sem estar embriagado, sentia acessos de amor paternal e chamava Joaninha, para acariciá-la, e dar-lhe conselhos. e, se estava trabalhando, deixava tudo, ia em busca da moça, bater à porta do biombo.

A Joaninha não fora possível dizer quando lhe era mais desagradável o chamado, se para a repreensão, se para o afago. Tinha contudo a necessária paciência para suportar uma coisa e outra.

Sofria tudo, confiando no futuro e adorando no fundo do peito ao jovem vizinho, como o alicerce das suas esperanças.

II

O sapateiro Cândido gostava muito de palestra. Era o seu natural... que fazer?...

Aos domingos, quando não se achava toldado pelo vinho, sentava-se à entrada da oficina, no seu banquinho de pano listrado e pernas em X, e esperava o primeiro conhecido para a prosa.

Os conhecidos vulgares não eram os mais apreciados pelo sapateiro. Ele preferia conversar com gente de gravata lavada, como um militar, uma autoridadezinha de polícia, um estudante, etc. Gente que percebesse as considerações mais ou menos digeridas que ele desenvolvia a propósito disto, ou daquilo, ou mesmo sem propósito nenhum.

Esta preferência revelava a face principal do caráter de Cândido. Não era homem de afazer-se à sua posição social. Dizia-se degradado pela necessidade. Não nascera para aquilo que era. Por isso estimava as palestras com gente boa. Tinha até predileção pelos homens ilustrados. Sim, porque ele não era qualquer ignorantão. Em pequeno, chegara a aprender geografia; e os quarenta anos que lhe pesavam nos ombros o tinham feito um tanto entendido na ciência...

Daí a amizade que ele travou com dois moços estudantes que moravam nas imediações da sapataria.

Um desses jovens era alto, magro, amorenado, cabelos negros, olhos negros, bigode vasto e queixo rapado; o outro de estatura vulgar, cheio de corpo, sanguíneo, bigode recurvado para cima, pupilas ameigadas, maneiras de conquistador; quanto ao mais trajavam ambos rigorosamente e gozavam da fama de ricos...

O moreno chamava-se Emílio; o alvo era seu companheiro de casa e colega; chamava-se Fernando.

Temos falado de ambos ao leitor.

Insinuante mancebo que era Emílio! Modos afidalgados, mas corteses, sorriso bom sempre a correr nos lábios. Fernando era insinuante como o outro, porém de gênero diverso. Derramava em torno de si uma chuva de olhares qual mais eloquente e dizendo tanta coisa que uma mulher honesta e casta não podia afrontá-los. Punha de alcateia os pacatos burgueses; e, mais de uma vez, o simples fato de sua passagem por junto de uma mocinha fizera agitar-se o pretropolis de honrado papai.

Fernando simpatizava com a Joaninha. Dize-lo basta para fazer evidente a atração que ligava o sapateiro e o estudante.

Travaram, pois, conhecimento Cândido e Fernando; Emílio por intermédio do amigo, entrou também na roda...

Era uma satisfação para o primeiro ter à sua porta os estudantes... Sentia-se menos sapateiro, lidando com os doutores. Pobre homem!

III

Certa ocasião, num dia santo (dia de... S. Sebastião[4], por sinal) os dois moços pararam à porta da sapataria; perguntaram a Cândido como ia da saúde, etc. O pai de Joaninha convidou-os a entrar. Sabia que eles eram democratas, não coravam de transpor o limiar de uma humilde oficina... Os democratas acederam ao convite. Era fim da tarde e já os lampiões da iluminação pública salpicavam a meia sombra crepuscular com as chamas esbranquiçadas do gás. A rua toda parecia respirar na sonolência inexprimível dos dias desocupados. Pouco movimento, nenhum rumor notável. No céu, nevoeiros empastados, prenhes de chuva, anunciavam uma próxima mudança de tempo. Pelo ar, espalhava-se alguma eletricidade, que impressionava os nervos, predizendo trovoada.

Os estudantes e o sapateiro conversavam. Davam à taramela a respeito de tudo, primeiro a respeito da atmosfera; depois, de S. Sebastião; em seguida, das festas de Igreja; por tocarem nisso, meteu Cândido as botas nos padres, especialmente no vigário da paróquia, um patife tão baixo para com os ricos, quanto arrogante para com os pobres, um bandalho, etc...

---

4 O dia de São Sebastião é celebrado em 20 de janeiro. Essa data é comemorada de modo especial no Brasil, pois foi nesse mesmo dia que o exército português derrotou a invasão francesa na cidade do Rio de Janeiro, por intercessão do santo. São Sebastião é considerado o padroeiro da cidade do Rio de Janeiro.

Entretanto, passou o caixeiro da venda do Manoel corcunda.

Escurecera completamente, mas o sapateiro tinha acendido o lampião de querosene, a cuja luz trabalhavam os seus empregados em dias de serviço. Conquanto amortecida, essa claridade enchia a oficina, desenrolando uma toalha avermelhada até ao meio da rua...

O caixeiro espiou, sorrindo de ver na oficina o Dr. Fernando R. e o Dr. Emílio....

— Querem alguma coisa? perguntou.

Os estudantes cruzaram um olhar...

— Queremos, disse Fernando. Traga cerveja e...

— A branca!... completou Cândido.

E Fernando atirou ao caixeiro uma nota de cinco mil réis...

O caixeiro abriu a boca, mostrando os dentes sujos, num riso malicioso, e foi-se...

Minutos depois, estava tudo aí: troco dos cinco, cerveja, a branca, bebedeira.

Os moços deram o exemplo. Dois copos e uma caneca fizeram de cristais. Começou a orgia. Saltavam as rolhas e a cerveja surgia espumosa como a saliva de um gotoso à beca das garrafas...

— ...As negrinhas estão babando! gritava Cândido, e estendendo o copo para colher aquela espumarada atraente...

— Vamos bebendo! diziam os estudantes.

Note-se que Fernando bebia moderadamente.

O sapateiro entusiasmou-se. Descompôs a sociedade que o maltratava, e o destino, que o perseguia; maldisse de tudo, em altas vozes, revelando raros dotes de uma oratória inchada e de má gramática.

Os moços discutiam com ele, e o faziam beber cada vez.

Principiou então a perder o fio das ideias. Dissertando sobre a conveniência da instrução, apostrofava subitamente os seus empregados que lhe comiam o dinheiro sem trabalhar.

— Corja de bêbados! urrava...

Iam-lhe as palavras tornando pegajosas de mais a mais, a língua pesava-lhe sobre os dentes inferiores, e os estudantes a ministrarem-lhe copos sobre copos...

O bêbado afastava os cantos da boca num sorriso bestial, as pálpebras caíam-lhe como bambinelas e, nos olhos semicerrados, moviam-se langorosamente as pupilas, como se estivessem também embriagadas.

Emílio e Fernando riam gostosamente, oferecendo ao sapateiro mais cerveja e mais aguardente. O infeliz, encantado pela transparência brilhante dos copos, deixava-se atordoar e ia bebendo... bebendo.

Numa porta que se rasgava como um paralelogramo negro ao fundo da loja, assomou um vulto. Parecia uma coluna de fumo alvacento a flutuar nas trevas. Os moços sentiram-no. Emílio voltou a cabeça; Fernando voltou a cabeça. Era a menina!...

Joaninha percebera os rumores da orgia. O que seria? Convinha ver...

Estivera espreitando.

O estado do pai confrangia-lhe o coração, à força de causar-lhe nojo. Aquilo já não era beber! Porque nascera ela daquele homem? Deus não podia ter-lhe dado um pai menos borracho? E tinha de amá-lo!... E ela o amava, mesmo; sentia-o às vezes... Que miseráveis eram aqueles que ali estavam a escarnecer do pobre homem?

Devia verificá-lo e censurar os malvados. Quis entrar na loja...

Os homens, porém, tinham voltado o rosto e ela que já os suspeitava viu que eram os dois vizinhos, aquele que lhe dava muita atenção, e o companheiro...

A figura do pai, com a cabeça pendida, balanceando à toa como a de um morto; as pernas distendidas e os braços caídos como pedaços de chumbo, desfez-se-lhe, com o deslumbramento que lhe causou o olhar de um dos moços, de Fernando.

Fernando era o seu namorado, isto é, o moço que podia servir-lhe. Um belo rapaz; tanto melhor. O que a dispusera para amá-lo, para notar-lhe as feições, fora o ser Fernando um moço de fortuna como revelava pelo rigor do traje e pelo seu modo de vida. Demais o estudante gostava dela, não havia que duvidar. Disso possuía mil provazinhas galantes que o moço lhe dava e que ela compreendia sem custo. Com Fernando se casaria.

Por que não?

Ela pobre, mas bonita; ele namorado e rico...

IV

Adiantara-se muito a noite. A rua ficara sem viva alma. Alguns trovões pouco intensos abalavam de longe em longe o ar. Na loja do sapateiro Cândido são havia como lá fora pessoa alguma, a não ser o indivíduo que dormia sobre um assento, encostado à parede. Era o bêbado. Os estudantes tinham desaparecido.

Emílio propositalmente deixara Fernando só e fora-se para a casa. O namorado de Joaninha, tendo recostado como melhor pôde o sapateiro, adormecido na mais absoluta embriaguez, encaminhara-se para a porta onde vira a Joaninha mostrar-se.

A mocinha não estava mais aí. Fernando olhou para trás, como temendo que o pai da sua querida despertasse e adiantou-se para o interior. Sabia que Joaninha era órfã de mãe, e, naquela casa, residia com o pai unicamente. Não eram, pois, de recear encontros.

Barafustou por vários aposentos, onde não se distinguia um só objeto, na massa compacta de negruras que havia neles. O coração palpitava-lhe violento como se não estivesse a gosto no tórax. O cheiro de couros e graxas que corrompia o ambiente incomodava-lhe o olfato...

Sem saber como, viu-se o moço em uma saleta mais clara (menos escura, fora melhor). Uma janela envidraçada apresentava um pedaço de céu sombrio, um pouco menos, contudo, que as paredes da saleta. Relâmpagos brancos, demorados, iluminavam os caixilhos da vidraça como clarões brincando num painel fantástico. Estes clarões faziam uma rápida solução de continuidade em a noite. Um dia veloz penetrava na saleta e fugia num instante, mal permitindo que se visse no centro da sala uma mesinha coberta de objetos insignificantes e um velho sofá vizinho da janela. Neste sofá estava sentada Joaninha. Quando um relâmpago mostrou-lhe o namorado a entrar, ela sorriu e baixou o rosto acanhadamente.

— Até que enfim meu anjo! disse Fernando, com voz um tanto comovida.

O moço estava habituado às entrevistas; mas aquela era de ordem excepcional. Fora tão longamente preparada, que, quando a grande hora chegou, o herói sentiu-se abalado. A filha de Cândido gozava um sobressalto delicioso. Havia se retirado da loja, para ser seguida pelo dileto do seu coração. Ali estava ele.

A um segundo relâmpago, a mocinha viu junto de si o mancebo e, apenas voltou a escuridão, sentiu um braço musculoso enlaçando-lhe a cintura, apertando-a com arrebatamento contra um peito largo, onde havia palpitações que eram marteladas.

Joaninha pendeu a cabeça para o ombro daquele homem.

Caiu numa dormência povoada de visões. A noite pareceu-lhe sulcada por mágicas irradiações de esquisito fulgor, a cruzarem-se no espaço, como para circundar uma figurinha de criança que lhe sorria de longe, agitando as mãos...

Quando terceiro relâmpago clareou a saleta, os dois namorados cingiam-se num abraço de despedida.

— Meu noivo!... dizia a moça com os lábios sobre a face de Fernando.

— Minha noiva! ciciava este ao ouvido dela...

E lá fora o trovão rufava com força, fazendo estremecer a vidraça.

V

Em seguida Joaninha conduzia seu noivo até à porta da rua.

Na oficina jazia o sapateiro estendido no chão, a dormir como um porco. Escorregara do assento, em que o tinha deixado Fernando.

Chovia bastante, àquela hora, e a água, entrando pelo vão da porta da loja, inundava o chão. Cândido parecia boiar num lago.

Os noivos não lhe deram atenção... Apertaram-se as mãos e Joaninha perguntou graciosamente:

— Como se chama, mesmo, você?...

— Felizardo... flor...

— Bem... Agora, Felizardo, até...

— Logo, Joaninha...

Dando esta resposta, Fernando abriu o guarda-chuva que trouxera.

— Adeus! atirou-lhe a filha do sapateiro.

— Adeus! disse ele, sorrindo.

E partiu.

Pouco depois, Fernando e Emílio conversavam em sua casa.

— Com que, graceja Emílio, conseguiste, meu felizardo, plantar uma lança em África[5]!...

— Sabes que sou decidido, observou Fernando, pavoneando-se... Mas o principal é que temos de nos mudar desta casa, já e já... não quero que a pequena me torne a ver...

— Fazemos a mudança amanhã mesmo; olha, o Z mudou-se há dois dias; temos a casa dele...

— O diabo é esta chuva... parece que o céu está chorando...

Todo estudante é mais ou menos poeta. A frase de Emílio inspirou-lhe uma ideia.

— Deixa estar, Fernando, que hei de dedicar-te um soneto com este título: a queda de um querubim, onde farei o céu deplorando uma virgem...

— E eu, replicou o companheiro distraidamente e rindo, hei de dedicar-te um com este outro título: a mona[6] do sapateiro.

---

5 "Meter uma lança em África" é uma expressão que denota a realização de uma tarefa extremamente difícil ou uma proeza impressionante.

6 Neste caso, "mona" é uma expressão coloquial que refere-se ao estado em que se perde o controle devido ao consumo excessivo de bebidas alcoólicas.

Decotes de Quinze Anos

Curiosa coincidência, pensava Otília, debruçando-se à janela com a carta que lhe escrevera a prima, curiosa coincidência, aquela carta e aquela situação! Do outro lado da rua em frente, erguia-se em grande prédio de dois andares. Na última janela do segundo andar, à direita, lá estava ele, o impertinente vizinho, que não lhe tirava os olhos de cima, uns vivos olhos vorazes de meter medo.

Com ela, com a sisuda Otília aquele rapaz perdia o seu tempo.

Mas era interessante a coincidência... Ela e aquele sujeitinho ali... e o assunto da carta, da terrível carta!...

Sob a fuzilada de olhares que lhe chegavam da última janela à direita do 2º andar fronteiro, a mocinha tornou a ler.

"... Nada conheces, na tua idade de inexperiência e de surpresas.

Sou do número das trintonas de Balzac[7], um escritor que ainda não leste, entendido nos mistérios da alma feminina, sou do número das educadas do amor, mulheres de curso completo na ciência do coração.

---

7 "A Mulher de Trinta Anos" é um romance escrito por Honoré de Balzac e publicado em 1832. A obra retrata a história de Julie, uma mulher de trinta anos que vive em Paris e que, apesar de ter uma vida aparentemente confortável, sente-se infeliz e insatisfeita. Julie é uma personagem que enfrenta as contradições do que significava ser mulher no século XIX, uma época em que o casamento e a maternidade muitas vezes aprisionavam as mulheres, limitando suas escolhas e liberdade. O livro aborda temas como amor, infelicidade, paixões e trágicas reviravoltas na vida da protagonista

Mas já tive a tua idade, os deliciosos quatorze ou quinze anos de criança, quando o sexo nos revela apenas pela prevenção desconfiada do pudor, essa tolice adorável do sangue.

Amanhã, muito breve, saberás o que valem as flores de fogo que às vezes te abrasam o lindo rosto. Então na hora do amor, compreenderás os vagos temores, indefinidos sustos que te assaltam, como um rebate, de extraordinárias coisas. O coração fugir-te-á do peito, a internar-se como um herói de balada, pela floresta das fantasias. Sonharás o eleito dos teus afetos.

Instintivamente entregar-te-ás à impaciente urdidura de quantas armadilhas imaginares para a caçada do ideal.

A propósito, conto-te uma historieta dos meus quinze anos. Uma lição que te dou de experiência galante.

Eu morava na rua dos Arcos, naquela casa assobradada, de seis janelas, onde hoje habita a família da R. C.

Enclausurada na rede de solicitude, com que nos cercava, a mim e às manas, meu pai, avaro dos seus tesouros (tesouros éramos nós) arredada severamente do comércio da sociedade, ardia-me o desejo curioso de uma aventura, fora do círculo conhecido dos carinhos domésticos.

Diante da nossa casa morava um moço moreno, esbelto... circunstância propícia! Um belo companheiro para a minha escapula.

Ser amada por um rapaz como esse, eu não queria mais! Um só olhar de amor que ele me dirigisse, arrebatar-me-ia às sonhadas viagens azuis.

Dezoito anos parecia ter; sobre os lábios começava a acentuar-se-lhe o desenho volteado de um futuro par de bigodes; grandes olhos negros, exprimindo mansidão, pupilas que se moviam devagar, oleosamente no corte das pálpebras.

De manhã, cedo, aparecia à janela do sótão que lhe servia de quarto e, com um copo-d'água, regava amorosamente o vergel de madressilvas que diante dele se espraiavam pelo telhado até envolver as goteiras prolongadas sobre a rua em bocas de corneta.

Banhava as flores e as flores enviavam-me baforadas de doce perfume.

Mas só as madressilvas se apercebiam de mim. Cândido demais, ou demasiado altivo, o vizinho não me ligava importância.

Ora eu tinha veleidades de beleza; avalias o meu despeito.

Dizem que a melhor maneira de atrair o olhar é olhar. Eu olhava, olhava e perdia o esforço. Cheguei a supor que o inflexível moreno, já não era senhor do seu coração e caprichava em manter a lealdade dos seus compromissos.

Era para desesperar.

Felizmente, um dia, eu o surpreendi a observar-me.

Oh, júbilo! Mas era preciso cativar de uma vez aquele olhar que me podia fugir para sempre, esquivo como a ocasião. O demoninho dos quinze anos soprou-me um expediente. Devia ser aquele beija-flor que me passou pelo rosto zunindo.

O pudor é uma grande força.

Esse tesouro de graça saibam-no despender as mulheres.

Loucas as que distribuem, cegamente, o seu patrimônio de rosas. Tolas as que o soterram no segredo desnaturado da inteira reserva, revelando-o quando muito às frias confidências de cristal do espelho.

Toda esta teoria endiabrada do decote ocorreu-me num segundo.

Na tua idade, eu adivinhava os homens!

Resolvi afrouxar o laço de vexame com que me estrangulava, nos vestidos afogados, prescritos por minha mãe.

Fingi que desdenhava o olhar do vizinho, voltando o rosto para outro lado. E atrevidamente soltei um... dois... três... botões da gola do meu princesa!

Ora, minha bela Otília, daí a pouco, eu guardava no seio submisso, rendido o olhar rebelde do meu moreno; acolhia-o no tépido decote dos meus quinze anos, como um pombo no vinho, friorento, trêmulo.

Assim, no dia seguinte, e no outro e no outro...

E começaram a secar de ciúmes as madressilvas..."

Neste ponto, sem saber como, viu Otília que um... dois... três botões do paletó branco, tal qual na história da prima, se lhe haviam desprendido.

Que horror!

E, sob a fuzilada de olhares da última janela do 2.º andar fronteiro, as abas de fustão, como grandes pétalas, abertas num desabrochar audacioso de magnólia, entremostravam colorações de carne virgem e fugitivas sombras, rendilhadas, ao fundo, por encantadora desordem de crivos claríssimos de camisa.

Conto de Fadas

Contrassensos de atavismo. Algumas vezes nascem príncipes da poeira humilde das ruas. Não da espécie dos conspiradores felizes, que fazem da própria nulidade original arma de guerra e lutam e sobem, cobrejando através dos conhecimentos até campear triunfantes sobre o domínio dos homens, não: verdadeiros príncipes, que o são ao nascer; que têm a púrpura do manto diluída em glóbulos de altivo sangue, absolutamente a salvo da embolia mortífera que a impureza do ambiente da sua miséria poderia ocasionar; príncipes nobilíssimos, que têm a força do emblemático cetro vertebrada em espinha dorsal, inflexível às humilhações da sorte, e no olhar firme, sem jaça, que lhes clareia a testa, a majestade dos diademas.

Podemos encontrá-los, ao dobrar uma esquina, em andrajos, face cavada pela necessidade e pelo suor, - lágrimas de fadiga.

Pesa-lhes mais que a ninguém a fatalidade arquitetônica do edifício social, que obriga a superposição dos andares e a inferioridade do baldrame.

São oriundos desta raça os piores criminosos e os revolucionários sublimes. Entre estes extremos há, porém, o meio termo, mais comum, dos obscuros que sucumbem, bloqueados na vaidade inflexível da imaginária realeza.

"Impossível! monologava Aristo. Com os diabos! É uma solução arrebatada, que não me entusiasma. Suprimir-me! É boa! e o meu lugar no refeitório da vida? Então não há um talher para cada um nesta mesa redonda, como não há, no campo, um figo para cada pássaro. Quem me privou do figo nesta partilha? Implorar... Mas haverá pássaros mendigos? Há criancinhas que esmolam cantando; nenhuma outra miséria conheço que cante; não há lágrimas aladas; a própria chuva, porque parece pranto, cai na terra. Não será, pois, a vida como o espaço, e as aspirações como um voo? Ah! mas reflitamos com justeza.

E o que pensarão os figos, desta vida? Que opinião a deles sobre os pássaros e sobre as aspirações? Também, pobrezinhos, têm um coração que palpita insensivelmente. Abri um figo; vereis a polpa ouriçada de pontas sangrentas... Como não? os frutos sangram! Têm todos os direitos da maternidade... Não respeitais a maternidade?... inclusive o Santíssimo direito da dor! Percebo, percebo. Há homens-figos, há homens-pássaros. Sim! mas eu, figo!... uma figa! É preciso que um degrau se estenda embaixo, para que outro degrau se estenda em cima, e a escada suba?...

Eu trabalhei o ferro. Como me compreendia o másculo metal, parente da energia inflexível de meu gênio! Não me valeu a força de operário: faltou-me a habilidade de mendigo. Trabalhei então o pano. Homens do dispêndio, mantenedores da indústria, não sabeis de que tecido se fazem as ricas vestes. Passaram fibras de coração pelos teares; tingiram-se os padrões com as cores escuras da miséria.

Conheceis os rebanhos humanos encurralados nas fábricas. O carneiro dá a lã. Toda essa lã puríssima: sensibilidade, delicadeza, pudor, altivez, de que se faz a superioridade moral, se apara ao rebanho humano.

Este precioso estofo: vedes esta rosa entre folhas, labiada em pétalas esplêndidas sobre a trama da tecelagem? É a honra de uma operária, a infâmia feita tinturaria. Não quiseram que eu visse o que eu vi, nem que, vendo-o sentisse.

Passei a ser compositor. Ia encontrar de frente o pensamento, como encontrara a indústria. Maravilhou-me a infinidade dos tipos nos caixotins, palavras reduzidas a migalhas, ideias pulverizadas! Criei amor ao estanho dos tipos. O estanho vale mais que o bronze; porque se de bronze se pode fazer o glorioso escritor, de estanho se faz o livro. Ao metal do gloriado prefiro o metal da glória.

Deram-me a compor esta frase de um poeta: *Filosofia do mar: os menores peixes, devoram-nos os maiores. Assim os homens.*

E nesse dia não compus mais. E odiei o estanho; voltei definitivamente às velhas simpatias pelo ferro."

E Aristo amaciava na palma da mão o ferro de um punhal, com a alma varada pela meditação cruciante, sentindo rasgar-se-lhe aos pés a aberta por onde, mais dia menos dia, nos escapamos todos para a sombra.

— Aristo, vem comigo; disse-lhe alguém ao ouvido, - uma pequenina voz de mulher, áurea e musical.

Era uma visão de risos, trajando o vestido etéreo dos sonetos de Petrarca[8], maneando a haste leve de uma varinha de fadas. Donde vens, desertora gentil dos contos da infância, graciosa importuna do meu desespero?

— Anda comigo, Aristo. Partamos para a independência feliz.

E partiram, Aristo e a fada, para uma região fantástica e surpreendente.

Céu vasto, de transparência inexprimível. As alvas nuvens, por uma superfluidade de asseio iam, como esponjas, esfregando, uma a uma, as safiras limpas do céu. Cobria-se a terra de pedraria, poeira cintilante de gemas; erguiam-se taludes de facetado cristal. Estranha vegetação brotava. Perfeita floresta de ourivesaria. Troncos de ouro lavrado e folhagem soldada a fogo. Através dos ramos reluzentes, a viração ia e vinha, fria do contato metálico da selva, sem que o mais débil galho tremesse, sem que a mínima flor vacilasse no hastil. Às vezes, a um sopro mais forte, soltava-se um ramúsculo com um estalido seco de agulha partida, ou uma flor desarmava-se, e as pétalas caíam, produzindo o barulho de moedinhas pelo chão. Nenhum outro rumor, nem um perfume, nem uma vida, em toda a paisagem, imóvel e rutilante.

---

8 Francesco Petrarca, também conhecido como Petrarca, foi um intelectual, poeta e humanista italiano. Ele nasceu em 20 de julho de 1304 em Arezzo, na Itália, e faleceu em 19 de julho de 1374 em Arquà. Petrarca é famoso principalmente por seu romanceiro e por aperfeiçoar o soneto, um tipo de poema composto por 14 versos. A invenção do soneto é atribuída a Jacopo da Lentini, mas Petrarca contribuiu significativamente para sua popularização. Além disso, ele é considerado o "pai do Humanismo" devido ao seu papel como pesquisador, filólogo e escritor

Desaparecera a fada com o rosto em risos e o vestido celeste, que descansavam a vista da crueza das cintilações.

Brilhava no ar, terrivelmente, a claridade verde dos reflexos combinados das safiras do céu e do ouro da floresta.

Horas passadas, Aristo teve fome; exacerbou-lhe a sede a secura cáustica do ambiente. Descobriu pomos no arvoredo, inchados de maturidade, e gotas de orvalho no cálice das flores. Mas, quando quis trincar os pomos, quebravam-se-lhe os dentes contra a rija resistência da casca dourada, e bebendo orvalho, puríssimos diamantes aliás, foram-lhe as arestas da pedra, ensanguentar o esôfago.

— Maldição! maldição! Que me trouxeram ao inferno da pureza e da inflexibilidade!

A fada, aparecendo:

— Eu sou, pobre Aristo, a fada Ironia. Guiei-te à pátria inexorável do teu orgulho.

Como nasceu, viveu e morreu a minha inspiração

Página arrancada ao livro de lembranças de um futuro Esculápio.

Eu ia vê-la naquele dia. O dia dos seus anos! Devia estar esplendida. Ia completar o seu décimo sétimo ano de um viver de alegrias. O meu presente era simples: uma gravatinha de fita azul; mas havia de agradar-lhe. Era o meu coração quem o dava. Ela o sabia. Sabia também que o coração de um estudante não é rico. Dá pouco, mesmo quando dá... Ela desculparia.

Que noite ia eu passar! Dançaríamos muitas vezes juntos, a começar da *segunda quadrilha*...

Preparei-me. Empomadei-me; escovei-me; perfumei-me; mirei-me, etc., etc. Conclusão: estava chic. Mas eram cinco horas e eu não queria chegar antes das sete. Fazer-me um pouco desejado... o que é que tem?... Todavia faltava bastante tempo!... Em que ocupar-me a fim de passar essas duas longuíssimas horas? Que fazer?... Impaciência e dúvida; dois tormentos a me angustiarem...

Eu passeava pelo meu quarto, deitando vagamente uns olhares pelos meus desconjuntados móveis: aquelas minhas cadeiras, lembrando a careta de um choramigas a entortar o queixo; a mesa, gemendo sob um mundo de livros desencapados e sebentos; o meu *toilette*, quero dizer um velho compêndio de anatomia com uns frascos por cima e um espelho pequeno pregado na parede; a minha cama, com a coberta a escorregar languidamente para, o chão... Continuava a passear. Olhei ainda uma vez para o espelho e sorri-me, vendo lá dentro a minha gentil *figura* partida em quatro por duas rachaduras cruzadas no vidro... Que fazer?...

Debrucei-me na janela... Embaixo a rua, a atividade prosaica das cidades de alguma importância: idas e vindas e mais vindas do que idas, por causa da hora que era de jantar, (por tocar nisto... Eu não tinha ainda jantado. É o que me cumpria fazer; mas o meu plano era economizar um jantar, vingando-me à noite nos *buffetes* da menina...) Meus olhos corriam pela rua como andorinhas brincalhonas. Depois de percorrem o quarto, andavam pela rua em busca de resposta à minha pergunta: - que fazer?...

Por fim foram esbarrar no frontispício da igreja de... Começaram a subir... Brincaram nas janelas; contaram quantos vidros havia; examinaram os enfeites de arquitetura... Subiram mais, percorreram os sinos, o zimbório e foram pousar no pára-raios.

Estavam quase no céu. Daqui para ali, menos de um passo. Os olhos lá foram. Mergulharam-se erradios no azul... Que fazer?

Ora... enfim! Estava achada a resposta! Por que não veio ela mais cedo não o posso explicar.

Os meus olhos estavam no céu.

Era por uma tarde encantadora. Que cor a do firmamento nessa hora! Que abóbada incomparável a cobrir a rua!... Depois, aquelas nuvens mimosas, desfiando-se nos ares, como brancas meadas de lá nuns dedos sedutores... O sol a descambar, batendo de través na poeira levantada do chão pelos carros, que magníficas cortinas desdobravam pelas janelas das habitações velando-as como que de douradas gazes. No horizonte, por sobre a última linha de telhados e chaminés fumegantes, como se ostentavam aquelas colinas de um azulado branco feitas vapores tênues; como se recortavam sem fazer uma só volta que não fosse demorada e graciosa como as curvas de esbelto corpozinho de donzela...

Oh! Do quarto para fora, tudo o que se prendia aos céus por um raio de luz ou por uma ponta de vaporoso véu, tudo respirava poesia...

Eu achara a resposta. Que fazer?... Versos!... Feliz achado!... Um soneto ou alguns alexandrinos... qualquer coisa que desse claro testemunho do meu amor. O laço de fita com que eu ia mimosear o meu anjo era azul... Ótimo! Sobre o laço, um soneto!... Ouro sobre azul! Com certeza não dançaríamos somente (eu e ela) trocaríamos o primeiro beijo! Não esse beijo insípido que se dá a carregar aos zéfiros, entregando-se-lhes nas pontas dos dedos, mas um ósculo açucarado de lábios ardentes sobre a maciez de uma face. Um ideal realizado. Uma coisa assim como o contato com um jambo que houvesse roubado o veludo ao pêssego...

— Bravo! Já estou quase deitando verso de improviso! exclamei eu, notando a minha exaltação. Venha papel! venha pena! Cérebro, soma-te com o teu companheiro, o coração! Não brigueis desta vez como é de vosso costume... somai-vos um com o outro e vertei nesta folha de papel alguma coisa que não horrorize a Petrarca... Espírito de Dante, eu te evoco! vem com aquele fogo que em ti acendia a tua celeste Beatriz[9]! Dirceu[10], corre também em meu socorro! Poetas antigos e modernos, correi todos! Musas, vinde com eles! Transportai-me nesses êxtases que vos deram a imortalidade na memória dos homens!...

Nascera-me a inspiração! Ia metrificar alguma coisa que devia maravilhar os críticos... (aparte a modéstia: isto que escrevo não é para o público). Mas eu me sentia um pouco acima de mim mesmo... Sem dúvida era essa sensação mística a que experimentam todas essas cabeças de gênio, um momento antes de dar à luz qualquer produção sublime...

Molhei a pena, com um movimento nervoso. A minha impaciência (confesso-o) não era então para chegar à casa

---

9 Dante Alighieri, o renomado poeta italiano do século XIII, foi profundamente influenciado por Beatriz Portinari, sua musa e inspiração. Sua obra-prima, "A Divina Comédia", retrata a jornada épica de Dante através do Inferno, Purgatório e Paraíso, enquanto Beatriz personifica a pureza e a transcendência espiritual. Embora tenham se conhecido na juventude e Beatriz tenha falecido precocemente, sua imagem permaneceu como um símbolo de perfeição divina e orientação espiritual para Dante, cujo amor por ela transcendeu o terreno e se tornou uma busca pela verdade e pela redenção. A figura de Beatriz continua a ressoar como um ícone de beleza e virtude, simbolizando a aspiração humana pela transcendência e pela divindade.

10 "Marília de Dirceu", escrita por Tomás Antônio Gonzaga em 1792, é uma obra lírica central do movimento árcade brasileiro, destacando Dirceu como sujeito lírico e Marília como sua musa. O enredo fragmentado aborda a idealização amorosa de Dirceu por Marília, expressando sua devoção e tentativas de conquista, enquanto ela parece resistir. Ambientado no final do século XVIII, o poema reflete os sentimentos e acontecimentos da época, com Dirceu encontrando alívio na certeza do afeto de Marília.

do meu bem, era para gravar no papel aquilo que me ardia no crânio. Molhei a pena...

Oh! desgraça! A infame pena trouxe na ponta um pingo de tinta, trêmulo, ameaçador. Desviei-a violentamente... foi a minha perdição...

Olhei triste para o meu punho esquerdo... Estava descansado sobre a folha de papel, quando o pingo... Maldição!... Ainda havia pouco, tão alvo, luzidio como porcelana... então, com uma feia nódoa circular negra... negra, de quase uma polegada de diâmetro e ainda a infiltrar-se pelo linho, a tomar cada vez mais vulto!...

Pobre camisa!... estragada!... Mais pobre de mim... Esse pingo era uma catástrofe. Aquela camisa era a única. Única! Triste verdade, cujas consequências me desesperavam.

— Adeus, meu anjo! disse eu, sem poder engolir um soluço.

Já não me era possível ir vê-la. Nem um companheiro morava comigo. Se morasse, talvez o mal fosse remediável. Mas não! Não havia esperança!... Comprar outra? Onde? Era um domingo... Com que dinheiro?... Era num fim de mês. Não havia esperança.

Aquele beijo que sonhei num instante de ebriedade desfez-se-me no espírito como a má impressão de um R. Não era só isto. A minha ausência seria notada pela menina. O que pensaria ela?... Talvez que eu, por mesquinho, quis poupar-me a despesa de oferecer-lhe qualquer coisa...

— Quando, gritei eu, aí está o meu laço de fita de cinco mil réis...

Ainda mais. Um baile leva a uma casa tantos pelintras... quem sabe se ela não se agradaria de algum desses bolas, esquecendo-se de mim?... E teria razão. A abelha, se aqui não encontra mel, vai buscá-lo acolá...

Momentos dolorosos os que passei nessa tarde! Depois de todos os pensamentos que me assaltaram brutalmente à primeira reflexão, foi que lembrei-me do meu soneto...

— Soneto para onde tu foste?...

Mais este golpe: - a minha inspiração morrera. Eu não sentia mais a exaltação auspiciosa de alguns minutos antes. Tudo perdido! Fora-se tudo!

Eu vi e jurá-lo-ei, se me não acreditarem, eu vi essa corja do Parnaso, poetas e Musas, fugir-me do quarto! Eu vi as sirigaitas de saias arregaçadas a correr, e os idiotas irem-lhe após, sobraçando liras, como os traquinas das escolas públicas, quando disparam pelas ruas, de ardósia ao sovaco...

Nessa mesma tarde, fui à janela outra vez. Estava aflito e superexcitado. Parece-me, até, que tinha os olhos molhados. Pus-me a ver os transeuntes. Cada um que passava, para os lados na morada do objeto dos meus devaneios parecia um convidado de baile. Tortura.

Em seguida avistei a maldita torre, por onde meus olhos haviam subido ao céu que me inspirava a negregada lembrança de poetar.

Para acabar. A desgraça de que fora vítima fez-me esquecer o jantar, que positivamente era só o que eu devia perder não indo à festa. Não comi e não reparei nisso.

Tornou-se inútil vingar-me da minha economia. Se neste particular não perdi, no resto ganhei.

A minha querida (soube-o depois) nem perguntou por mim na festa. Esteve alegre. Encontrou quem lhe agradasse (um sujeitinho com quem se vai casar). Melhor. Já estou consolado da desgraça, um mal que me veio para bem. Livrou-me de uma levianazinha. O aborrecimento que hoje me causam os mesmos objetos que tanto me entusiasmaram naquela tarde veio matar umas pequenas veleidades poéticas que ainda acatava. Estou descrente. Agora acabou-se... Só estudo; ergo: ganhei... Estou na expectativa de um fim de ano esplêndido.

Mais uma palavra. O laço de fita azul... guardo-o. É um *talismã*.

Amor de Inverno

Ora, para que havia de dar-me a mania!... Lembrei-me de amar uma velha!...

A gente chega a saciar-se de tudo, até do vinho quente da juventude. Em amor, uma das coisas apreciadas é o amor que custa; pelo menos, o amor que precisa que o busquemos para vir: mil vezes mais apreciado que o amor que vem ao nosso encontro. Maomé, com certeza, não se arrependeu de ir até a montanha. Ora, a juventude é assim. Tem o defeito, em amor, de vir ao nosso encontro. Há o instinto, nos seios rijos da virgindade, que os impele a esmagar-se, amassar-se, emolir-se, de encontro ao peito que se lhes acerca.

A grande idade é já esquiva.

O verão passou. Tem uns dias de sol, como o inverno os tem. Mas, são sugestões tranqüilas da saudade. Os sóis, Os grandes sóis passaram.

Quem sabe? Haverá, talvez, um vivo prazer em ir a gente abrir uma réstea estival de claridade no firmamento nublado desses dias! Espera, S. Medardo, padroeiro dos dias úmidos... guarda o aguaceiro um pouco... que eu vou mandar àquela pobre, de presente uma nesgazinha de bom tempo...

Tomei a sério a minha intenção.

Logo ao terceiro dia, aliás à noite, achei o meu ideal.

Velha, velha, velha, velha...

Imaginem um belo ideal de cabelos brancos, curvo e tremulo, de carnes tenras entre galantina e faisandé.

Dois olhos negros brilhavam como alcaparras em cima daquela iguaria branca.

A minha atenção fervorosa atraiu a dela. Daí a Pouco, seguíamos, trocando olhares. Os dela - de curiosidade, naturalmente.

Mais de perto, com a iluminação pública pude ver-lhe dois cachinhos em espiral gamenha de saca-rolhas, que lhe faziam voltas de S aos lados da fronte.

Com a vista firme, percebi que aqueles caracóis prolongavam-se sutilmente pela velha adentro; enrolavam-se num sorriso que ela tinha nos lábios e iam até à alma, envolvendo-a como a cauda cansada de um velho demônio aposentado.

Abordei-a.

— Não vê que sou respeitável? replicou ela com certa gravidade benevolente.

Respeitável, até veneranda... disse eu comovido, recuando um cumprimento.

E pus-me a caminhar em silêncio ao lado dela (que não se apressou) olhando para a ponta dos meus sapatos que alternadamente eu batia com a ponteira fina da bengala.

Os lampiões iam passando... Embaixo de cada lampião, eu aproveitava o gás, para ver a minha velha. Não estava de má cara.

— Acredita na simpatia? perguntei.

— O que chama simpatia? perguntou-me.

— E a aliança que prende duas pessoas a um simples encontro, sem porquê nem porquê não... Vem do grego *syn*, com *pathos*, afeição. Este grego foi de uma infelicidade a toda a prova; mas, com uma velha, em amor, não há perigo mesmo em falar grego.

Depois, novo silêncio. Os bicos de gás. da calçada vinham de tempos a tempos iluminar o nosso silêncio. Eu estudava de esguelha a minha aventura.

Aventura, vejam lá! Quem me visse ao lado daquele camafeuzinho com quem eu ia, supor-me-ia, entretanto, um numismata a passeio com o seu museu, ou algum jovem fidalgo (permitam) que estivesse a arejar a sua árvore genealógica.

— Então o senhor simpatizou mesmo comigo?

— Sim, respondi-lhe eu, que andava a mil léguas com a imaginação. Sim, minha senhora: do grego *syn*, com *pathos*, sentimento.

Ela repetiu a pergunta. Eu respondi-lhe com um sorriso tímido. Daí para diante encaixamos definitivamente um no outro, dois silêncios afetivos do melhor efeito. E fomos.

A minha árvore genealógica, depois de muito tempo, voltou-se para mim e, a meia voz, como se concluísse uma doce frase, cujo princípio lhe ficara no espírito, falou:

— Vou para casa...

Não lhes posso fazer o retrato da fisionomia que, naquele momento, um bico de gás iluminou-me. Era a ternura, a. gratidão, a surpresa, o prazer, e mesmo a lascívia, quem o diria!... Eu senti, oh! vulcões extintos! o corpo inteiro da velha flamejar num incêndio que lhe passava a saia de seda, que me passava a roupa, como um bafejo de fornos, que me bafejava a carne.

Era isso mesmo que me enchia a imaginação havia momentos. Tinha encontrado o sonho. Uma mulher que passava, na sua velhice, esquecida do amor, esquecida do sexo, na idade positiva e anestésica das desilusões. Quando a criatura não é mais que um tubo digestivo por corpo e um terror por alma, o terror da morte que ai vem; quando, ao abandono de coisa imprestável, em que todos nos deixam, soma-se o raivoso egoísmo com que nos agarramos a nós mesmos, esquecidos dos semelhantes, porque a nossa questão não é mais com a vida, que lhes diz respeito, mas apenas com a morte, que só diz respeito a nós; quando a febre religiosa é a única energia moral e o calor cibário o único entusiasmo físico; quando a descrença e o egoísmo multiplicam-se para abrir, em roda de nós, um espaço desesperante de solidão e tristeza... Eu aparecer-lhe, fitá-la, pescá-la no fundo da lagoa frígida dos seus anos; inventar então para mim um amor novo de ressurreição; criar outra vez a mulher e fruir aquela segunda virgindade; cuspir no adjetivo venerando, incendiar de paixão o amianto rebelde dos cabelos brancos; assistir da torre do meu capricho triunfante, a vasta conflagração do país das neves, ver, por um momento, renascerem os enlevos, os êxtases, os delírios mortos surgirem, como fantasmas, dos próprios restos, para saudar ainda uma vez o mundo, num último clamor supremo do que vai perecer em pouco para sempre...

E colher para mim, aquela vasca do último entusiasmo, ouvir nos mais distantes recantos da alma, ouvir e guardar na memória das sensações raras todo aquele coro delicioso dos cisnes em agonia.

Velha, velha, velha, velha...

Ela era feia, pequenina, trêmula, muito branca, muito molezinha, muito crespa de rugas, como a nata de leite soprada, fraca, e de andar vacilante, certo andar balançado de patinha, que mal lembrava uma vivacidade possível dos quadris de outrora.

Num momento, o andar consolidou-se. Ela começou a dar passadas grandes, rijas, nervosas. Tomou-me o pulso. Dir-se-ia levar-me à força para a casa, como um menino fujão. Eu era dela.

Perdeu as considerações. Passou bruscamente a prescindir da minha vontade. Nem mais olhava-me. Levava-me ali como um objeto, quase brutalmente. Havia de ser naquela noite mesmo, na bebedeira do momento. Amanhã tudo estaria perdido. Era preciso não dar tempo à religião de falar; não dar tempo aos cabelos brancos de pensarem em si; não dar tempo ao moço de esfriar a fantasia. Era ali, naquele instante... Tinha muito tempo para se arrepender... depois.

Quando chegamos à casa, depois de andarmos não sei quantas ruas, devia ser tarde. A casa foi uma rótula de venezianas, que eu vi recuar para um buraco negro. Entrei. Faltou-me o pé. O soalho era mais baixo que a rua.

— Não caia! há um degrau, disse-me a velha.

Eu não via mais a velha. Na imperceptível claridade que chegava da rua, entrevia o meu braço, a minha mão, um pouco de outra mão, e depois a escuridão espessa. Parecia que a escuridão puxava-me.

O ar frio encanado denunciou-me um corredor. Deixei-me conduzir pela escuridão no ar frio.

De repente, do fundo de um aposento invisível, alguém tossiu.

Eu estremeci na mão da velha.

— Não faça caso, balbuciou-me ela ao ouvido. É a minha filha... que sofre de asma...

Pouco adiante, uma porta de vidraças vagamente clareada fez-me deter o passo. Um homem escarrou.

— Não faça caso, segredou-me a velha... Meu neto dorme aqui com a mulher...

Adiante ainda rangeu manhosamente o choro de um menino.

— Não faça caso... É o meu bisnetinho...

Outra criança rompeu em choro para acompanhar a primeira.

A velha não me disse se era o tetraneto...

Pois, senhores, fala-se em juventude... primavera... primavera... fala-se em verão... Não acreditem, meus amigos, não acreditem no inverno.

Milina e o Turco

I

Estava a tarde feia, úmida, aborrecida.

Quem entrava, trazia os pés molhados; quem saía levava a certeza de se encharcar à porta. Dentro em pouco devia anoitecer. O sol caíra para lá das casas que fechavam a boca da rua ao ocidente...

Na estalagem, os quartos estavam já escuros, e esta escuridão vinha contaminando pouco a pouco o palco central, onde se amontoavam as tinas de lavagem e a roupa suja que ficara esquecida.

Emília, a pequenina Emília, com um saiote curto, que lhe deixava descobertos os joelhos, estava assentada na porta de um quartinho estreito e imundo. Aproveitava o luar do lusco-fusco para pegar na boneca. A pobre criança com os seus seis anos só trabalhava dia e noite. Feliz noite para ela, o lusco-fusco não é dia, nem é noite. A sua faina arrefecia naquela hora.

A boneca...

Digamos que boneca era: um saquinho de chita sem cor própria, cheio de trapos, comprido e apertado em uma das pontas por um cordão. Este cordão era a graça daquele miserável brinco. Representava de pescoço; era a beleza plástica forjada pela pobre imaginação de Emília para a sua Milina.

A boneca, ou antes Milina, caíra numa poça d'água e estava pingando...

A pequena, com o seu rostinho meigo e contristado, acariciava-a. Quem a visse teria pena.

— Emília! Emília! gritou uma voz arrotada.

A voz gritava de dentro do quarto. Lá na sombra entrevia-se o vulto de uma mulher espichada no chão sobre um monte de panos escuros e imundos, cheirando a vinho.

II

Emília, descalça, saiu da estalagem, correndo, com um regador amarrotado e ferrugento. Era tão grande para ela o regador que ia roçando pelos lajedos. Ia buscar água para a pocilga da senhora que a protegia.

E Milina?... Pobre Milina! Emília havia de lhe pedir perdão por tê-la deixado só, naquela hora que era a única em que a coitada dormia no colo de mamãe...

III

Um belo cão negro enfeitado de bastos pêlos reluzentes, orgulhoso em extremo, espécie de cão fidalgo, entrou pelo cortiço, com a cauda enroscada em penacho e as orelhas erguidas. Logo depois voltou, atirando ao ar as grandes patas, saltando alegre. De vez em quando, sacudia o focinho e via-se alguma coisa a balançar pendente. A pouca distância, o dono do cão, o filho do sr. Visconde, pequenote de calças curtas ainda, e já pelintra, soltava largas risadas, batendo com o pezinho bem calçado na soleira de mármore do palacete da família. Com um chicotinho fino fustigava o ar e ria-se... ria-se...

IV

Emília vinha da bica da esquina, arrastando o regador cheio a transbordar.
Aquele cachorro!...
Ao chegar à porta da estalagem viu o cão.
O animal galopava para o palacete e levava Milina nos dentes.
Emília fora de si atirou o regador, que tombou na sarjeta e voou sobre o animal...

V

O filho do Visconde tomou-lhe a frente continuando a rir-se da brincadeira do seu Turco.
— Mau! menino mau! gritou Emília, avançando para o pequeno.
O chicotinho zuniu três vezes...
Emília recuou, e levou as mãozinhas aos seus olhos tão belos e tão bons, soltando um longo:
—Ai!
Foi pungente.
Emília estava cega.

Quase Tragédia

    Quando se é recém-casado por esses primeiros dias velozes que fogem para o passado, com uma rapidez incrível; em que almeja-se ardentemente que a noite desça, porque se ama o recato das sombras; em que suspira-se pela manhã, porque a manhã traz aquela preciosa luz fresca que convida a esses passeios ricos de efusões e mútuas expansões amorosas; nesses rápidos dias que os europeus gostam de saborear à beira do Adriático, cobrindo-se com o céu da Itália, ou no meio dos lagos da Suíça, entre os nevoeiros que descem das cumeadas glaciais e brancas; nesse fragmento de vida que os Fluminenses passam refugiados nas alturas verdes e saudáveis da Tijuca, nos saborosos dias da lua-de-mel, há certas confidências murmuradas docemente entre os esposos, confissões muito em segredo, que só entre os dois pombinhos se dizem, e como arrulhos se perdem na ventania que a floresta manda...
    E assim deve ser. Tal é a doçura estranha dessas conversações, tal é a intimidade religiosa, em que se confundem a expansão e a reserva, num mistério tão delicado, que é melhor, muito melhor que se percam no espaço, longe dos ouvidos indiscretos como o canto do pássaro na mata virgem...
    Foi numa dessas entrevistas meigas e misteriosas, que a pequena Adélia pôde saber porque motivo, pouco antes

do seu casamento, Eduardo deixara dois dias em seguida de ir vê-la à casa do pai e soubera também o motivo daquela palidez cruel com que ele reaparecera, rindo muito, jurando que aquilo fora um ligeiro incômodo; que já estava perfeitamente bem, sem conseguir entretanto, ocultar absolutamente que sofria.

Haviam se casado.

Aqueles dois dias e aquela palidez, foram a tristeza da sua alegria no casamento.

Eduardo estava pálido, dentro da casaca preta que mais pálido o fazia. Adélia ficara também pálida e melancólica.

Quando ela soube o motivo, quando descobriu a cicatriz recente que ele tinha pouco acima do calcanhar direito, foi então que a melancolia desapareceu-lhe; mas como não sofreu ainda de vê-lo doente da ferida que mal acabava de fechar-se!

Pôs-se a refletir no fato.

Teve medo de interrogar positivamente Eduardo. Fez conjeturas, todas as conjeturas, e tratou muito dele, maternalmente como uma irmã, como uma filha, muito empenhada em vê-lo completamente restabelecido...

Eduardo pelo contrário inebriado de amor por ela, não cuidava de si. Só queria beijá-la. Cobria-lhe de beijos as pálpebras, ambas as faces, os lábios, beijava-lhe até, coisa incrível! beijava-lhe a concha das orelhinhas rosadas de veludo! Pobre Eduardo!...

Afinal Adélia veio a conhecer tudo. Tudo... que poema! Escapara de ver na candura nívea das asas do seu amor uma triste mancha de sangue. A história do seu noivado por um triz que dava em tragédia e todos os sorrisos e juras por uma linha que não degeneraram em pranto e desespero.

Felizmente tudo ficara em riso, o sangue se reduzia a salpicos vermelhinhos, pontuando as asas de neve dos seus Cupidos.

Parece invenção. Entretanto, a cicatriz lá estava, pouco acima do calcanhar de Eduardo, como a prova palpitante.

Foi assim.

Moravam em Santa Teresa. Da casa de Adélia, no alto, avistava-se embaixo, numa das ruas da encosta do morro, a casa onde morava Eduardo.

Todas as tardes, depois que ele a pediu em casamento, o moço subia a ver a noiva e visitar a família do futuro sogro.

Raramente faltava. Quando ficou determinado o dia do casamento, as visitas de Eduardo tomaram-se infalíveis. Em todo o lugar falava-se do próximo enlace.

Repentinamente, com grande espanto de todos da casa de Adélia e principalmente desta, Eduardo falta um dia. Mandaram saber porque.

— Estava incomodado.

Falta segunda vez...

Duas vezes... Era incrível...

Um noivo como ele faltar duas vezes... era grave.

Nova visita.

— Vai melhor... mas...

Todos ficaram sobressaltados.

Quanto caiporismo!

Havia alguns dias que tudo acontecia naquela casa. Um telegrama viera, noticiando moléstia grave de um parente que estava em Cabo Frio, o padrinho de Adélia, para sinal; a estouvada da Joana quebrara uma dúzia de pratos, por querer carregá-los todos duma vez em pilha; ainda mais, entrara pelas janelas da frente, uma grande borboleta preta que fora pousar exatamente na caixa do enxoval da menina...

O cão do vizinho uivara toda a noite...

Acontecia tudo. Até na véspera mesmo da doença de Eduardo, a casa fora visitada à noite, pelos ladrões que haviam espatifado a hera de um muro que dava para a ribanceira de um morro por onde naturalmente os gatunos haviam passado. E isso não fora uma vez só. Primeiro, o pai de Adélia muito escrupuloso dos seus penates, examinando o jardim, como de costume vira o caminho aberto na hera. No outro dia achou a planta mais estragada... já começavam a desaparecer peças de roupa do quintal, por exemplo um lenço de Adélia que ficara no coradouro...

No outro dia, o velho esperou.

Pôde, apenas, distinguir uma sombra escorregando para o lado da ribanceira. Correu ao jardim com a decrépita espingarda, que representava a derradeira segurança do seu lar, mas não viu nada.

Ainda uma vez, esperou o tratante (que afinal parecia não ser tão bandido como se supusera a princípio, porque as galinhas não desapareciam do galinheiro, nem as roupas do coradouro). O velho pai de Adélia escorou-o, dedo no gatilho e olho na hera do muro. Logo que percebeu a sombra... fogo!...

Não se ouviu nem um grito, através da noite, mas o pai de Adélia não teve ânimo de ir verificar se acabava de fazer um cadáver...

Na manhã seguinte, achou-se sangue pela hera e pelo chão.

Contudo a preocupação de Adélia não era a borboleta preta na caixa do enxoval, nem o cão do vizinho uivando à noite, nem mesmo as suspeitas verificadas de que os ladrões visitavam o quintal... A sua preocupação era outra.

Havia dias, que ela encontrava, todas as manhãs, uma flor, no peitoril da janela do seu quarto.

Não acreditava em duendes, mas tinha medo de verificar qual era a mão misteriosa que depunha ali o matutino brinde. Depois, era tão bom não saber coisa alguma e adorar todo o dia aquela rosa, aquele cravo, ou aquele raminho de violetas que dir-se-iam cair do céu com o orvalho!...

Repentinamente deixam de aparecer as flores!...

E esta desgraça, que ela amargava de si para si intimamente, como nos dias anteriores, saboreara a contemplação dos brindes misteriosos, acabrunhava-a, mortificava-a.

Uma suspeita que minava-lhe o cérebro, avultou, ocupou-lhe o espírito todo... Aqueles ladrões... aqueles ramos de hera quebrada no muro da ribanceira... o sangue... o sangue sobretudo!...

Uma daquelas entrevistas deliciosas de mel veio trazer luz às apreensões. O gatuno era ele. Levara o lenço de Adélia com que santa intenção! o pobre... As flores era ele o duende que as depunha todas as noites no peitoril...

E o tiro! O horrível tiro da paternal vigilância fora também para Eduardo!...

Eis aí como o noivado de Adélia teve uma quase tragédia e como os Cupidos do seu amor tiveram salpicos rubros na brancura das asas.

Textos complementares

Um louco no cemitério

Por Luis Murat.
Publicado no periódico Commercio de São Paulo, em 16 de outubro de 1895.

Não é de hoje que conheço Raul Pompeia, recentemente demitido do cargo de diretor da Biblioteca Nacional, por ter desrespeitado, no cemitério de São João Baptista, a pessoa do presidente da República. Ele precisava ser punido; essa corrigenda tornava-se necessária. Nunca se viu um ato de loucura mais digno de censura, um procedimento tão incorreto, tão inconveniente, tão incivil.

Prestasse ele todas as homenagens que se pode prestar a um morto que se admire, lançasse sobre ele todos os adjetivos apaixonados e bombásticos do fanatismo; chegasse mesmo a enovelar-lhe a memória num descabido e sentido pranto de gratidão e de saudade, mas não desrespeitasse a autoridade do atual presidente da República, nem o seu governo, da maneira insólita por que o fez, dando azo a que outros espíritos exaltados recrudescessem na inglória tarefa de desprestigiar o governo, comprometendo gravemente os créditos da República.

Em que país o sr. Raul Pompeia julga que estamos? Que diabo de república ele quer? Não está satisfeito com a atual ordem de coisas? Desejará, por ventura, que se prolongue o regime do sangue, das violências, dos martírios, das perseguições e das guerras? Mas só pode aspirar a um tal regime quem tem o ânimo forte, a coragem de pegar uma espingarda e ir para a rua defender, no caso excepcional de uma revolução legítima, os interesses da pátria calcados aos pés por um despotismo.

Mas ele, a quem até faltou a coragem de repelir um insulto dos mais graves em plena rua do Ouvidor, à hora em que a rua é mais frequentada; a quem faltou a coragem, depois de mandar os seus padrinhos entenderem-se com o ofensor, medir-se com ele, no momento em que aqueles iam dar o sinal do combate e que, ao invés de bater-se em desagravo da sua honra, seriamente comprometida, lançou-se aos braços do adversário, em prantos, esquecendo a afronta...! De um médico sei que, ao encontrar-me pouco tempo depois do desastre, me disse, fulo de indignação: "Ainda não vi homem tão covarde." Esse médico havia sido convidado para assistir ao duelo e prestar os serviços que o caso exigisse.

Ora, já o sr. Raul Pompeia deveria saber que essas bravatas demagógicas não lhe ficam bem. O que me parece é que se trata de um caso de doença moral. O jacobinismo é um fenômeno mórbido, tão profundamente característico como o do niilismo russo. Pompeyo Gener[11] encontra no

---

11 Pompeu Gener Babot (Barcelona, 1846 ou 1848 ou 1850 – Barcelona, 14 de novembro de 1920) foi um publicitário e dramaturgo espanhol. Ele se destacou como re-

segundo, além de um fator intenso de desarranjo intelectual, um elemento pernicioso na substância constitutiva do escravo, isto é, em seu sangue, em sua raça, na organização íntima e, portanto, no funcionamento do seu sistema nervoso.

Para os jacobinos, a destruição é um dever. Este tema faz lembrar aquele moço russo, inteligente, rico, capaz de todos os entusiasmos e de todos os ardores da imaginação, que, tendo-se entregado ao estudo das teorias germânicas de Strauss, Bruno Bauer[12] e outros, chegou à conclusão de que era impossível uniformizar as instituições de um país e fazê-las progredir no sentido da liberdade e do direito: a única conclusão, pois, que tirou de seus estudos foi a mesma a que acima nos referimos, a destruição: não é outro fim. Daí esse processo, altamente censurável e nocivo, de quererem prolongar indefinidamente o regime do terror.

Na insaciabilidade da vingança e no delírio de sangue que os persegue, parecem ver em cada homem que não professa as suas opiniões, ou que reconhece nas suas ideias um mal para as instituições, um inimigo perigoso, que não tem direito à vida. Somos daqueles que pensam que a insurreição

---

presentante da componente etnicista do nacionalismo catalão e tentou conectar esse nacionalismo com fundamentos "científicos". Sua abordagem combinava positivismo com evolucionismo, o que o levou ao darwinismo social. Segundo Gonzalo Álvarez Chillida, Gener interpretou a realidade da Espanha "em termos de racismo ariano".

12 Bruno Bauer (1809-1882) foi um influente filósofo, teólogo e historiador alemão conhecido por suas críticas ao Cristianismo e sua ligação com os Jovens Hegelianos, um grupo de pensadores radicais. Inicialmente um defensor da ortodoxia cristã, Bauer mudou de posição ao investigar as origens do Cristianismo, concluindo que ele foi mais influenciado pelo estoicismo do que pelo judaísmo. Suas ideias controversas e críticas ao Cristianismo ortodoxo o levaram a ser uma figura polêmica. Além disso, Bauer foi acusado de antissemitismo devido às suas opiniões negativas sobre os judeus. Seu trabalho crítico sobre a modernidade burguesa deixou um legado significativo, influenciando a Teoria Crítica.

é um direito sagrado dos povos, mas quando os governos não respeitam os direitos dos cidadãos, quando a tirania oprime e pretende aniquilar todas as liberdades e usurpar todos os direitos. Guizot[13] declara-o, num estudo sobre Washington: "Evidentemente chegou o dia em que o poder perde seu direito ejetara, em que nasce para os povos o de se protegerem pela força, desde que não achem mais na ordem estabelecida nem segurança nem esperança", dia terrível e desconhecido que nenhuma ciência retórica poderia prever, que nenhuma constituição humana pôde regular, mas que, entretanto, se levanta algumas vezes, marcado pela mão divina.

Se a experiência que começa então fosse absolutamente interdita, e do ponto de vista em que reside, esse grande direito sagrado não pesasse sobre a cabeça dos próprios poderes que o negam, há muito que o gênero humano, caído sob o seu jugo, teria perdido toda a dignidade, como toda a felicidade. Entre esse direito, elo justo e tão nobre, e a oligarquia da loucura jacobina há um abismo belo quando uma heroica expansão da alma popular se opõe pela força à usurpação das liberdades conquistadas com tanto sacrifício e herdadas dos nossos antepassados, que não recuaram nem diante da morte para nos entregarem intactas.

---

13 François Pierre Guillaume Guizot (1787-1874) foi um destacado historiador, orador e estadista francês que teve um papel crucial na política antes da Revolução de 1848. Como liberal moderado, opôs-se às tentativas absolutistas de Carlos X e trabalhou pela monarquia constitucional após a Revolução de 1830. Serviu como Ministro da Educação, ampliando a educação pública, e ocupou outros cargos importantes, incluindo embaixador em Londres, Ministro das Relações Exteriores e primeiro-ministro. Seu apoio a políticas restritivas de sufrágio o tornou impopular entre liberais e republicanos, contribuindo para a Revolução de 1848 que resultou na queda de Luís Filipe. Além de sua atuação política, Guizot deixou um legado literário e intelectual significativo, com publicações importantes sobre a civilização e o governo representativo na Europa.

Nesse caso, as insurreições têm até merecido os aplausos das outras nações, como acontecia com a expulsão de Jacques II da Inglaterra, com a do rei da Holanda, da Bélgica, com a dominação da Inglaterra na América do Norte. Levantar, portanto, a bandeira dos motins e das sedições, como pretende o jacobinismo brasileiro, sem uma meta, sem um ideal, somente porque o governo não quer pactuar com esses atos de verdadeiro canibalismo, é a maior das loucuras, quando não é o maior dos crimes. Se é um direito a resistência dos povos sempre que um governo os oprime, as sublevações internas, restritas a pequenos grupos, sem coletivo, são um crime, que deve ser punido severamente.

A dignidade essencial, o mérito principal de um chefe de Estado, é colocar-se acima das dissensões partidárias, ocupar-se só e exclusivamente do bem da nação que ele intimamente personifica, porque é o único responsável pelos seus destinos. Washington, Lincoln, Garfield, Carnot eram eminentemente conciliadores e não se prestavam a ser instrumentos de mesquinhas e obscuras paixões ambiciosas. O atual presidente da República procura cumprir o seu dever; está governando constitucionalmente. O sr. Raul Pompeia tem tido tudo quanto tem querido da República. Os governos procuraram à porfia dar a ele os melhores empregos; não é razoável que ele, depois de ter tido tudo, queira opor-se a que sua pátria realize livremente os destinos que lhe estão reservados.

As viagens de Sadi Carnot[14] pelas várias províncias da França eram feitas com o intuito de pregar as doutrinas de concórdia e de conciliação; era assim Washington; que seja assim também o sr. Prudente de Moraes.

---

14 Marie François Sadi Carnot (1837-1894) foi um político francês que serviu como o 5º Presidente da França. Nascido em uma família proeminente, seu pai era Lazare Hippolyte Carnot, e ele tinha conexões com outros membros notáveis da família Carnot. Eleito em 1887, Carnot enfrentou desafios significativos durante sua presidência, incluindo o Episódio Boulanger e os escândalos do Panamá, os quais lidou com firmeza, fortalecendo a república francesa. Seu apoio à Aliança Franco-Russa foi uma das marcas de sua política externa. Tragicamente, em 1894, Carnot foi assassinado por um anarquista italiano chamado Sante Geronimo Caserio, um evento que gerou grande comoção nacional e homenagens. Seu legado é lembrado não apenas por sua contribuição política, mas também por sua integridade e liderança durante um período crucial na história francesa.

Raul Pompeia

Por Capistrano de Abreu[15]
Publicado no periódico Gazetinha,
em fevereiro de fevereiro de 1882.

O Sr. Dr. Silvio Romero[16] há de me permitir que eu ofereça a este moço alguns advérbios em "mente". Com licença, portanto, Sr. Silvio... Raul Pompeia é um talento poderosamente, verdadeiramente, incontestavelmente talhado para o romance. O seu ensaio-estreia, "Tragédia no Amazonas", é magnífico como ensaio e muito apreciável como estreia. Além disso, representa o produto de uma tenacidade inabalavelmente aplicada a um desígnio intrepidamente feito.

---

15 João Capistrano Honório de Abreu (1853-1927) foi um destacado historiador, etnógrafo e linguista brasileiro. Fundador da Academia Francesa em Fortaleza, contribuiu significativamente para o estudo da história colonial do Brasil. Sua obra é marcada por uma análise crítica dos fatos históricos e uma investigação rigorosa das fontes. Além disso, foi um dos mais importantes críticos literários do século XIX, tendo desenvolvido uma teoria da literatura nacional baseada em conceitos como clima, terra e raça. Seu legado perdura como uma referência fundamental no entendimento da história do Brasil.

16 Sílvio Vasconcelos da Silveira Ramos Romero (1851-1914) foi um proeminente polímata brasileiro, destacando-se como crítico literário, professor, político e poeta. Natural de Lagarto, Sergipe, graduou-se em Direito pela Faculdade de Direito do Recife, colaborando como crítico literário em diversos periódicos. Eleito deputado provincial por Estância, Sergipe, radicou-se no Rio de Janeiro, onde lecionou filosofia no Colégio Pedro II e foi um dos fundadores da Academia Brasileira de Letras. Sua obra abrange uma vasta gama de temas, incluindo crítica e história literária, folclore, etnografia e estudos políticos e sociológicos. Destacou-se como poeta na terceira geração do Romantismo. Seu legado perdura como uma influência significativa na literatura brasileira e no pensamento intelectual do país.

Essas cento e poucas páginas foram escritas, às ocultas da família que o desejava todo para as ciências; foram traçadas, portanto, sem as necessárias comodidades. Depois de escritas, Raul Pompeia levava-as secretamente a uma tipografia, às dúzias, e de semana em semana... Ao fim de ano e meio, estava impressa a obra, da qual sabiam tão somente o autor e os tipógrafos. O papel amarelecido, a tinta sinalava, as traças e o pó iam conquistando as páginas amontoadas a um canto da oficina, mas o Raul não desanimava... Enfim, cantou vitória.

Depois da "Tragédia", escreveu na "Comédia"; eram uns contos trágicos e delicados, que ele denominou "Microscópicos". Depois veio o "Boêmio". E ele não se limitou a escrever "A Violeta", bonito romancete não concluído ainda; fez também caricaturas. Porque o Pompeia é um caricaturista espontâneo, sem escola, nem mestres, é certo, mas de muita verve e facilidade. No escritório da "Gazetilha", entre os tipos da sua galeria, lia-se uma caricatura do poeta Calino Guedes, feita pelo autor da "Tragédia no Amazonas", que qualquer dos caricaturistas mais afamados: Grevin, Bordallo, Draner ou Mars assinaria satisfeito. Ultimamente Raul Pompeia publicou na "Gazeta de Notícias" um pequeno conto gracioso e fácil "Clarinha dos Pedreiros".

Tenho para mim que, se lhe derem um editor e mais algum tempo para estudar e trabalhar, teremos um romancista "fora de série". Franklin Távora, Machado de Assis, Araripe Júnior, Aluísio Azevedo, terão dentro em breve um emulador respeitavelmente poderoso. Talento, observação, facilidade, imaginação, tenacidade de ânimo, nada disso falta a Raul Pompeia.

Conheça a Tacet Books

Somos uma editora independente que pública obras interessantes e inéditas de autores clássicos - em seus idiomas originais - por preços acessíveis aos leitores brasileiros.

Nosso catálogo possui obras em inglês, espanhol e português, de grandes autores como Agatha Christie, James Joyce, Virginia Woolf, Júlia Lopes de Almeida, George Orwell, Horacio Quiroga, etc. Coletâneas inéditas como Feminist Fiction, Victorian Fairy Tales e seleções de contos de países como Cuba, España, Argentina, México, entre outros.

Seja para estudar um novo idioma ou ler clássicos em seus idiomas originais, nossos livros serão uma ótima adição à sua biblioteca.

Visite nosso website:

http://www.tacetbooks.com

No final do século XIX, o duelo era moda entre a elite intelectual brasileira, adotado como meio de resolver pendências pessoais e manter a honra. Raul Pompeia, inicialmente, era um grande crítico dessa prática, considerando-a bárbara e irracional. Contudo, um desentendimento público com Olavo Bilac, após a publicação de um artigo injurioso, levou os dois escritores a se confrontarem fisicamente. Conhecido por seu temperamento explosivo, Raul desafiou Bilac para um duelo, que aceitou prontamente.

Apesar da disposição de ambos para o duelo, a polícia conseguiu impedir o enfrentamento diversas vezes. Este episódio foi posteriormente relembrado por Luis Murat em "Um louco no cemitério". Pouco tempo depois, Raul Pompeia, marcado pela tensão do incidente, cometeu suicídio, encerrando tragicamente sua vida e carreira. A proibição definitiva dos duelos no Brasil só aconteceria em 1946.

Este livro foi composto em Libre Baskerville e impresso no Brasil por UmLivro, para a Editora Tacet Books.

São Paulo-SP. Maio, 2024.

www.ingramcontent.com/pod-product-compliance
Lightning Source LLC
LaVergne TN
LVHW090038080526
838202LV00046B/3869